AF438785

LE

JOUR DE L'AN

D'UN VAGABOND

ALBERT GLATIGNY

LE
JOUR DE L'AN

D'UN

VAGABOND

PARIS
ALPHONSE LEMERRE, ÉDITEUR
47, PASSAGE CHOISEUL, 47

M DCCC LXX

P

[library stamp: R.F. BIBLIOTHÈQUE]

PRÉFACE

POURQUOI *une seconde édition de ce petit livre?*

D'abord parce qu'il y en a eu une première, ensuite parce qu'ayant été assez favorisé des Dieux pour découvrir une gendarmerie comme il y en a peu, une gendarmerie comme il n'y en a pas, je tiens à bien établir mes droits de découverte sur cette gendarmerie.

Thessein est mon bien, ma chose. Je le suis d'un œil jaloux partout où il va, depuis Saint-

Clément, son ancienne résidence, jusques à Corte, sa résidence actuelle.

> ... car ma joie altérée
> Pour tout autre que moi fait sa tête sacrée.

Puis, involontairement, j'ai commis quelques erreurs qu'il me faut rectifier.

Quand j'ai sténographié à la hâte le Jour de l'An d'un Vagabond*, je ne connaissais que le littoral de la Corse. Un séjour prolongé dans l'intérieur de l'île, à Sainte-Lucie di Tallano, a refroidi un peu mon enthousiasme pour la Corse romantique, et m'a convaincu que le seul ouvrage sérieux que l'on eût écrit sur cette terre de la* vendetta *et de la délation était non la* Colomba *de Mérimée, mais bien le vaudeville de Siraudin, joué d'une si triomphante manière par le comédien Hyacinthe.*

Prochainement je publierai un petit livre dans lequel j'essayerai de résumer les impressions que m'a laissées un séjour de huit mois dans la patrie de Napoléon Ier et de Jean de la Rocca.

En attendant je reviens à mes fantoches mous-

tachus. Quelques personnes ayant cru à l'exagé-
ration en lisant ce récit d'une folle aventure,
j'imprime à la suite de ces pages le procès-verbal
rédigé contre moi par Thessein et sa bande.

Je doute que jamais les frères Lionnet, dans
leurs scènes militaires, et Durandeau, l'épique
narrateur du « Capitaine qui fait de si bon ci-
rage », aient rien trouvé de plus complet.

Beaumesnil, avril 1870.

ALBERT GLATIGNY.

A M. THESSEIN

MARÉCHAL DES LOGIS DE GENDARMERIE
A BOCOGNANO (CORSE)

PERMETTEZ-MOI, gendarme étonnant, de vous dédier ce journal. Sans vous, je n'aurais jamais eu l'occasion de l'écrire. Il me fallait rencontrer un militaire aussi idéalement échappé de chez Guignol que vous, pour concevoir, même dans un rêve, la grotesque histoire dont nous sommes les deux héros. Quand j'ai eu le plaisir de me rencontrer avec vous, j'ai cru avoir affaire à l'immortel Boquillon, devenu gendarme. Vous me disiez que mon arrestation vous ferait honneur, et que l'on parlerait de vous.

On en parlera, soyez tranquille, on en parlera, maréchal des logis qu'il faudrait créer, si vous n'existiez pas.

Agréez, avec la dédicace de ces lignes, l'assurance de ma profonde stupéfaction.

Nice, mars 1869.

A. G.

LE
JOUR DE L'AN
D'UN VAGABOND

I

En Diligence.

LE 1er janvier 1869, à six heures du matin, j'étais allégrement grimpé sur l'impériale de la diligence qui va de Corte à Ajaccio. Ma petite Cosette frileusement blottie sur mes genoux, j'attendais le lever de l'aube, plongeant mes yeux dans les brouillards

compactes, tâchant de distinguer quelque chose.
La voiture allait au pas, dans les ténèbres; un
brave homme qui avait amené les chevaux de
renfort chantait un *vocero* d'une voix mélancolique; la diligence oscillait brusquement, quand,
à la hauteur du col de San-Pietro, le brouillard
se dissipant, je poussai un cri d'admiration et
d'épouvante.

La diligence était perchée au sommet d'une
route improbable, folle, sans parapet. Au-dessus d'elle, une montagne neigeuse, menaçante.
Au-dessous, un gouffre de cinq ou six cents
pieds de profondeur; un fracas de torrents,
puis, dans les branches des marronniers, le
vacarme du *libeccio,* ce terrible vent de Corse,
près duquel le *mistral* est un vent enfantin, une
brise de mai.

On s'était arrêté. Le conducteur trinquait
joyeusement avec l'aubergiste du relais; un gendarme, sur fond de neige, miroitait au soleil.
C'était un avertissement du ciel dont j'aurais dû
tenir compte.

Le conducteur fait claquer son fouet. A la
lenteur de la montée succède la rapidité vertigi-
neuse de la descente. On franchit les torrents
sur des planches jetées au hasard, n'ayant aucun

rapport entre elles; les coudes de la route se multiplient. Je ferme les yeux; il me semble que la diligence est lancée, comme un simple Léotard, à travers l'espace; mes tempes battent; un mouvement de tangage se fait sentir dans la diligence; j'ai beau me répéter que les chevaux corses ont le pied sûr et ferme, que jamais aucun accident n'est arrivé sur cette route, j'ai peur.

On arrive à Serragio. Halte. Je regarde : le gouffre est plus menaçant encore qu'à San-Pietro. Je n'y tiens plus, je descends.

« Vous avez tort de quitter la voiture, » me dit le conducteur.

En effet, j'avais tort; mais le vertige d'un côté, de l'autre, l'envie de jouir à mon aise d'un paysage tel que je n'en ai jamais vu, même dans les Pyrénées, l'emportent sur les sages observations du conducteur. Je laisse partir la diligence en lui souhaitant bon voyage, et je continue ma route à pied, avec Cosette qui gambade et aboie au soleil.

II

A pied.

UNE fois à terre, toute inquiétude disparaît. Je suis entièrement à la joie de marcher librement sur un sol merveilleux, en plein soleil, au milieu du triple éblouissement de la verdure, de la neige et de la lumière. A présent que je ne crains plus de voir culbuter la diligence et moi avec, je suis heureux. Cette route effrayante me paraît la plus belle du monde. Le bonjour amical des bergers me salue en passant. Le cliquetis des sonnettes fait un joyeux bruit. Une tête de mouflon apparaît dans la verdure des mâquis. Des pâtres, couchés dans l'attitude nonchalante des chevriers de

Salvator Rosa, égayent le paysage. Tout a un air de bienvenue et de contentement. Je suis au beau milieu d'un océan de montagnes. Les torrents grondent; une cascade tombe le long d'un rocher géant, blanche et s'éparpillant comme une chevelure de femme; une ruine se dresse au sommet d'un mont; les arbousiers, les myrtes, se pressent confusément; il y a des vols d'oiseaux dans l'air. Quelles splendides étrennes accorde la nature au pauvre comédien errant! Ma petite chienne est folle de joie; elle court après les merles, qui se moquent gaiement d'elle; je me récite des vers de Victor Hugo que les arbres ont l'air de comprendre, et c'est ainsi que, vers dix heures du matin, j'arrive au clair et joyeux village de Vivario.

III

Vivario.

Vivario est accroché à la montagne comme un nid d'aigle. De l'eau de tous les côtés. Les ruisseaux dégringolent, courent, jouent à cache-cache ; le soleil en fait autant d'arcs-en-ciel. Les cloches sonnent ; on s'embrasse dans les rues ; c'est le Jour de l'an.

Au milieu du village, sur un piédestal colossal, se dresse la statue de la *Diane de Gabies*. Je demande à un gendarme pourquoi on a élevé un monument en Corse à la déesse Diane, et si cette dame est née dans le pays. Le gendarme me répond qu'il n'en sait rien, mais que cela peut être.

Une chose digne de remarque, c'est que la Corse, où les statues de Napoléon Ier pullulent — en garçon boulanger à Bastia, en empereur romain à Ajaccio — n'a même pas un buste pour l'héroïque Sampiero, le défenseur de la nationalité corse, Brutus moderne, aussi admirable que le Brutus antique. Mais si les statues manquent à Sampiero Corso, son nom fait tressaillir le cœur de tous les Corses, dans ce village de Vivario surtout, patrie des *Caporali* qui fondèrent la Commune, si longtemps avant les autres nations de l'Europe. On se salue encore de ce beau nom de *Caporale* à Vivario. La tradition de fierté, d'indépendance, qu'il éveille n'est pas éteinte. La vieille Corse républicaine n'oubliera jamais l'histoire des luttes formidables soutenues contre Gênes et la France, efforts désespérés d'un peuple opprimé, faible, sans autres ressources que son indomptable amour de la liberté. C'est non loin de Vivario, dans les gorges profondes du Monte-Rotondo, que Lætizia Bonaparte, réfugiée avec les derniers patriotes corses, s'écria :

« Je me vengerai! »

Et trois mois après elle accouchait de Napoléon Bonaparte!

Deux heures après être arrivé à Vivario, j'en

sortis accompagné de M. Farucci, un Corse de la vieille roche, pratiquant l'hospitalité à la manière ancienne, noblement, sans faste, ainsi que c'est l'habitude dans ce généreux pays.

IV

Vizzavona.

Au-dessus de Vivario, l'enchantement redouble ; on entre dans la forêt de Vizzavona. Ici il n'y a qu'une chose à faire : s'arrêter et pleurer. La nature éclate en magnificences de toutes sortes. A travers la sombre verdure des pins, on voit quelque chose de rose et d'illimité, comme la réverbération d'un incendie joyeux. C'est une immense hêtrée dont les bourgeons pointent gais et souriants. Au-dessus de votre tête, accumulation de pics. Le Monte-Doro surgit, écartant sa formidable ceinture de pins et de hêtres, nu, chauve, puis tout au haut couronné de neige. Les nuages s'accrochent à cette neige et semblent continuer démesurément la montagne dans le bleu du ciel, illuminé par les traits de pourpre du soleil couchant. C'est ainsi qu'on arrive au col de la Focce.

Là, nouveau chaos de montagnes. Forêts, rochers, torrents, maquis, on a envie de crier grâce, car tout au fond une belle ligne bleue sourit miroitante et pure : c'est la mer.

Cependant, le soir commence à venir. Cosette et moi nous hâtons le pas. La lune illumine la blancheur des montagnes ; l'ombre a gagné la route au bas de laquelle mugit la Gravona ; l'obscurité sort des gorges sinistres pour vous envelopper ; heureusement que voici le village de Bocognano. — Heureusement?... enfin !

V

Bocognano.

C'EST à Bocognano que Napoléon Bonaparte fut arrêté par les soldats de
Paoli. En entrant dans le village, j'é-
tais loin de me douter que le même honneur
m'était réservé.

La nuit était venue. Sur ma gauche, j'aperçus
une singulière église séparée de son clocher;
puis, au loin, des maisons éparpillées, sans que
nul signe extérieur indiquât une auberge parmi
elles. Je m'adressai à un enfant, qui me condui-
sit immédiatement à l'hôtellerie de l'honnête
Muffraggi, une hôtellerie si l'on veut. Sur le
seuil, un brigadier de gendarmerie tenait des

propos galants à une jeune personne. J'ai su, depuis, que ce brigadier était le beau-frère de l'aubergiste.

J'étais fatigué; après m'être enquis d'un lit, je demandai à souper. Le brigadier eut l'obligeance de me dire que je serais on ne peut mieux traité, qu'il était de la maison, que je souperais avec un conducteur des ponts et chaussées et un notable de l'endroit. La chose m'était parfaitement égale.

Pour tromper l'appétit, je propose à cet obligeant brigadier — il s'appelle Muchielli, retenez ce nom, ô Muses! — de prendre un vermouth avec moi. En causant, je lui avoue que moi-même je suis issu de la gendarmerie, et que j'ai grandi dans une caserne du département de l'Eure. Enchantement, joie, reconnaissance! Muchielli m'apprend qu'un gendarme du pays de Bernay est en ce moment à Bocognano; supposant que c'était peut-être un camarade de mon père, je lui dis :

« Mais faites-le donc venir! » tout joyeux de pouvoir, le soir d'un premier de l'an, causer avec un des amis de mes parents, et de ne me point trouver seul.

Cependant, on tardait à servir le souper. Mes

deux compagnons de table étaient là, devant la
nappe douteusement blanche; mais l'un d'eux,
entortillé dans un cache-nez bleu, avait déclaré
qu'il ne voulait point souper avec un échappé du
bagne. Le jeune Muffraggi, que tout d'abord je
prenais pour Hamburger, se concerte avec le
brigadier, et fait ressortir à ses yeux l'honneur
qui rejaillirait sur la famille si, lui, Muchielli,
mettait la main sur un scélérat célèbre. De là,
conciliabule mystérieux et retards apportés au
souper. J'entendais vaguement des bruits confus
de voix, mais je ne pensais point être le sujet de
ces conférences. Enfin, on se met à table. Le
potage achevé, Muffraggi jeune me demande de
signer mon nom sur le registre de l'auberge,
représenté par une simple feuille de papier dans
laquelle on avait dû envelopper des saucisses; je
signe sans hésiter. Le jeune Jocrisse paraît
d'abord étonné, mais se remet immédiatement
à la vue d'un gendarme qui entre dans la
chambre. Ce gendarme est suivi d'un autre,
puis d'un autre, ô cieux funèbres! jusqu'à l'ar-
rivée de celui que j'attendais, une ressemblance
de noms me l'ayant fait prendre pour un ami de
ma famille, que j'avais connu autrefois. Je vois
un jeune homme absolument inconnu; mais

très-poli, qui accepte une tasse de café. Le monsieur au cache-nez bleu roule des yeux inquiétants, moi je mange. Le gendarme m'invite, après mille précautions oratoires, à venir assister à une petite sauterie qui se donne à la gendarmerie. J'ai beau lui faire observer que, d'abord, je ne sais pas danser, et qu'ensuite je meurs de sommeil, il insiste. J'accompagne ce gendarme blond qui me dit s'appeler Grivoté, être marié depuis trois semaines avec une jeune Ajaccienne, mariage qui avait jeté un froid entre lui et l'auteur de ses jours. Tout cela m'était bien indifférent. Nous arrivons à la caserne. Grivoté me fait les honneurs de son logis, m'offre un petit verre que je bois, sans me douter que l'on m'avait attiré dans la gueule du loup. Mon extérieur farouche avait fait hésiter les Pandores sur les risques à courir d'une arrestation à l'auberge. Je ne me savais pas si terrible d'aspect que cela.

Au moment de quitter Grivoté, j'entends une voix formidable me crier avec un pur accent alsacien.

« Fotre basse-bort ! »

En même temps, une bouffée d'haleine alcoolisée m'arrive en plein visage. Je me retourne,

.et, pour la première fois de mon existence, j'aperçois la mâle figure de Thessein. O Thessein ! joie de mes souvenirs ! gaieté de mes années futures ! c'était toi, majestueusement ivre, superbe à voir comme un gendarme de *Robert-Macaire !* Quelles moustaches formidables ! Quels yeux d'un bleu férocement enfantin ! Quelles pattes ! Hélas ! mes pieds en ont gardé une pénible souvenance pendant un mois !

« Pourquoi faire un passe-port ? dis-je au Thessein révélé. Le passe-port est aboli depuis dix ans.

— Pas à Bocognano ! »

Je fais remarquer à mon noble maréchal des logis qu'à défaut de passe-port inutile, j'avais sur moi des lettres, dont une chargée, un engagement de comédien pour le théâtre de Bastia ; que, d'ailleurs, le pays était parfaitement tranquille, et que je le priais de me laisser comme le pays.

« Enfin, lui dis-je, si vous avez quelques doutes sur moi, faites-moi surveiller ; je ne me lèverai pas avant onze heures demain matin ; envoyez cette dépêche à Bastia à M. Bécot, le premier président du tribunal, qui me connaît, afin que je sois débarrassé de cette sotte affaire.

— Sotte affaire! fait Thessein en bondissant, sotte affaire! Fus insultez la chistice! Qu'on lui mette les fers aux pieds! »

Au même instant, je me sens enlevé, transporté par quinze gendarmes. On eût dit la sortie qui termine le second acte de *L'Œil crevé*. Je suis jeté sur un lit de camp. En un clin d'œil, mes pieds sont emboîtés en deux infâmes machines de fer, vissées par dessous le lit de camp, et me voilà sur le dos, dans l'impossibilité absolue de faire un mouvement. Cosette, affolée, se blottit dans un coin du cachot, quand un cri de triomphe retentit.

On venait de trouver une petite canne à épée — si un morceau de fil de fer peut constituer une épée — que j'avais achetée quarante sous à Bastia.

« Ah! ah! enfermez le griminel! » fait Thessein.

Et cette gendarmerie des Funambules sort ivre de joie, me laissant dans une obscurité compacte et désagréable.

VI

En prison.

'ÉTAIS là, sur le dos, dans la nuit, étendu sur une ignoble planche qui n'a pas été balayée depuis cinquante ans, dans un cachot taillé en plein roc, dont les murailles suintent l'humidité. Le plafond était le plancher de la chambre d'un gendarme. On dansait au-dessus de moi. Comme les fers que j'avais aux pieds m'empêchaient de me tourner même légèrement sur le côté, je recevais la poussière et les toiles d'araignée dans les yeux. Des rafales de vent froides et pénétrantes entraient par l'ouverture du guichet. J'étais ainsi depuis une heure, croyant à une mauvaise plai-

santerie. Ma pauvre Cosette était grimpée sur le
lit de camp et me léchait la figure en gémissant.
J'entendais dans une poignée de foin jetée à côté
de moi, et qui, d'ailleurs, était dans un état de
parfaite pourriture, des bruits secs, crépitants.
La phrase sinistre du forçat qui disait à Ranc :
« Ça, jeune homme, ça n'est rien ; c'est les
puces qui montent, » me revint en mémoire.
Les rats et les souris commençaient à prendre
ma figure pour le bois de Boulogne, et se pro-
menaient autour de mon nez comme autour
du lac.

La sauterie continuait au-dessus de ma tête,
grave, cadencée : un rhythme de menuet exécuté
par un ménétrier de village ; il me semblait voir
les gendarmes se saluer comme les messieurs
du boulevard des Belles-Manières à Montargis.
Enfin, au bout de deux heures, un filet de lumière glisse dans le cachot, la porte s'ouvre
doucement et deux gendarmes paraissent.

« Chut! dit l'un, un brave homme nommé
Muracciole, ne dites rien. Nous serions punis si
l'on savait ce que nous faisons. »

Et les braves gens m'apportent des couvertures de chevaux pour mettre sous mes reins.
Ça n'était pas doux, mais du moins je n'étais

plus en contact avec la pourriture. Muracciole,
en même temps, me donne une carafe pleine
d'une belle eau claire et limpide, en place de
la sale cruche qui était près de moi, et, bienfait
inappréciable ! du tabac et des allumettes. En
sortant, il me dit, comme je lui demandai si je
ne pouvais pas obtenir un matelas, en le payant :
« Ah ! si vous aviez avoué ! »
Puis il me laisse, et l'obscurité recommence.

VII

Dans les ténèbres.

S i j'avais avoué ? — avoué quoi ? On ne m'avait rien demandé. Je commençais à ne plus être gai. Le Walpurgis des rats et des souris continuait, acharné, alarmant. Cosette me défendait comme elle pouvait ; je l'ai sentie qui sautait sur moi avec le cadavre d'une souris à la gueule.

J'essaye de dormir. La dureté de la planche commence à m'entamer les reins et les épaules. Je veux me tourner sur le côté, je suis retenu par l'étreinte brutale des fers. Devant mes yeux, mille hallucinations passent : mirages de montagnes aux mille chemins s'entre-croisant

et se multipliant ; avalanches de pins fantastiques
qui s'écroulent ; puis des figures grimaçantes,
grotesques ; puis le noir ! Une muraille de ténèbres se dresse devant moi, épaississant la nuit ;
j'avance la main pour la tâter. Oh ! ces ténèbres
solides, quelle horrible chose ! Le froid me
pénètre. Mes pieds, gelés par leur cravate de fer,
sont d'une insensibilité douloureuse. La glace
m'envahit. Puis c'est le tour d'une autre torture,
plus abominable que les autres. La colique
s'empare de moi, je veux me lever, peine perdue !
J'appelle, afin que l'on me retire les fers, ne
fût-ce qu'une minute. Personne ne répond.
Je suis obligé de croupir dans la puanteur et
les ténèbres. Mes dents claquent. J'ai la fièvre.

Je devine le jour au bruit de voix qui se fait
dans l'écurie, située auprès du cachot. Les
plaisanteries des gendarmes se mêlent au chant
des coqs. Naturellement, je suis l'objet de ces
plaisanteries. Je distingue ces mots : « Coquin,
honneur, rentes, médaille, » sans trop savoir
ce que cela veut dire.

VIII

Dans la Cour.

LA porte du cachot s'ouvre. Thessein paraît, escorté de ses Pandores, débraillé, en veste d'écurie.

« Et pien ?

— Eh bien ! je meurs de fièvre et de froid.

— Allons, faites-le sortir. »

On me retire les fers, mais j'ai les pieds tellement endoloris que je ne m'en aperçois pas. On me dit de me lever. Abruti, effaré, je tâche de remuer; impossible. Alors, Thessein m'empoigne, me jette à bas du lit de camp et me pousse dans la cour, où je roule, aveuglé par le jour subit, défaillant, au milieu des rires de la bande.

« Qu'afez-fus à nous afouer ?

— Que voulez-vous que je vous avoue ? Que j'ai froid, que vous m'avez meurtri.

— Allons, fouillez-le. »

On me fouille avec une délicatesse telle que l'on déchire la poche de mon paletot.

« Déshabillez-fus ! Allons, canaille ! plus fite que ça. »

Trouvant que je n'allais pas assez vite, Thessein et Muchielli m'arrachent mes habits et me laissent nu jusqu'à la ceinture.

C'était le 2 janvier, à huit heures du matin, dans un pays de montagnes ; le vent soufflait : je grelottais.

« Quand on est innocent, on ne tremble pas, » dit le brigadier Muchielli. (Ce Muchielli n'était pas de la brigade. Il est de Palneca, dans le canton de Zicavo. Il était là comme bourreau amateur.)

On trouve sur moi ma montre, et quelques lettres avec mon porte-monnaie, que l'on me prend, puis on me laisse me rhabiller sous les regards des gamins du pays et de quelques voisins venus pour contempler le criminel. Je demande qu'on me laisse envoyer des dépêches aux personnes de Bastia qui me connaissent. Pour toute réponse, on me réintègre dans le cachot, au milieu de la nuit de cet aimable endroit, avec ma chienne et le *Cahier bleu de Mademoiselle Cibot*, que la générosité de Thessein m'avait conservé. Il est vrai que, dans cette obscurité, Lynx lui-même n'eût pu déchiffrer un mot.

IX

Interrogatoire.

Ici l'absurde règne sans partage. Chaque seconde amène une invraisemblance. Tout ce que l'ingéniosité de la bêtise peut inventer se trouve réuni. Je n'exagère rien, j'atténue, ne pouvant me souvenir de tous les mots splendides de mon maréchal des logis.

Vers dix heures, on vient me chercher pour me conduire au bureau de Thessein. J'entre dans la chambre, garnie de gendarmes pour tout ornement. Dans le fond, Mme Thessein, une assez agréable personne, brune, ayant des prétentions au beau langage, la perle de Bocognano ;

puis l'aubergiste. Thessein, superbement campé
sur une chaise, me fait avancer.

« Gui êtes-fus?

— Je vous l'ai dit, je m'appelle Glatigny, je
viens du théâtre de Bastia.

— Ce n'est bas vrai. Che fais fus tire fotre
nom réel.

— Vous me ferez plaisir.

— Fus êtes Jud! »

A ces mots, je me sens rassuré complétement.
Je me dis que le maréchal des logis, dégrisé,
veut se tirer d'affaire par une plaisanterie de
gendarme, et que je vais pouvoir m'en aller;
aussi je me mets à rire en disant :

« Bah!

— Ne riez pas! Qu'est ce qui fus a cassé ces
deux dents?

— On ne m'a jamais cassé la moindre dent.
On m'en a arraché cinq.

— Allons tonc! La gentarmerie ne se laisse
bas mettre tetans. Ah ! la brigate n'a blus
maintenant qu'à fifre de ses rentes. Il y a tix
ans gue che fous cherche, mon cher! — Quand
che tis mon cher, fous pensez pien que c'est une
façon de parler. On ne dit pas : mon cher! à
une fichue canaille comme vous. »

Je vois que l'accusation de *Judaïsme* devient sérieuse; mais où ma stupeur augmente, c'est quand je vois Thessein étaler devant moi ses pièces de conviction.

« Fus n'afez que soixante-un francs tans fotre porte-monnaie. Qu'avez-vous fait des mille francs que vous avez reçus il y a trois jours ?

— Quels mille francs?

— Les mille francs qui étaient dans cette lettre.

— Mais il n'y avait que cent vingt francs.

— Allons donc! quand il y a cinq cachets sur une lettre, il ne peut y avoir moins de mille francs dedans. »

Je regarde Theissen, ne sachant plus si j'étais fou, ou s'il l'était. Je reste anéanti devant la calme bêtise de sa figure. Alors un misérable, qui s'est dit être le distributeur de la poste aux lettres de Bocognano, confirme l'affirmation de Thessein. Tous deux font semblant de chercher dans un recueil de décrets le paragraphe concernant les lettres chargées. Ils ne trouvent rien, bien entendu.

« Guand êtes-vous venu en Corse et comment?

— J'y suis venu il y a un mois avec la troupe du théâtre de Bastia.

— Vous mentez. Tout se passe en ordre dans un régiment. Et qu'est-ce que ce Vaudron dont vous avez une lettre ?

— Ce n'est pas Vaudron, c'est Autran.

— Qu'est-ce qu'il fait ce Vaudron ?

— Il est académicien.

— Ah ! tacadémicien ! encore une de vos professions. Vous en changez souvent. Hier, vous m'avez dit que vous étiez acteur, après ça comédien, puis *article dramatique*.

— Mais tout cela, c'est la même chose.

— Allons donc ! Puis vous êtes homme de lettres aussi. Où est votre diplôme ?

— Il n'y en a pas.

— Ah ! ma femme, qui est institutrice, en a un. Ah ! ah ! oui ! vous êtes un scélérat dangereux ! Et qu'est-ce encore que ce Pamphile ?

— C'est M. Théodore de Banville, poëte lyrique.

— Ils ont tous des métiers dont on n'a jamais entendu parler, fait le spirituel brigadier de Palneca.

— Parbleu ! mais nous sommes sur la trace de ses complices. Il vient de Suisse et va rendre ses comptes à sa bande. Il y en a un qui lui donne rendez-vous à Paris. »

Et Thessein, avec une lumineuse logique,
construit la bande de malfaiteurs dont je suis le
chef. Claretie, Autran, Gabriel Marc, un officier
de marine, Banville et Vacquerie passent à l'état
de brigands. Auguste Vacquerie avait des chances
de salut. Son écriture, indéchiffrable pour qui
n'en a pas l'habitude, empêchait de lire son
nom. Mais Théodore de Banville! rien n'est
plus net que sa signature. Homme d'ordre avant
tout, il met son adresse au bas de toutes ses
lettres. J'ai vu le moment où on allait le chercher à l'Odéon pour me venir tenir compagnie
dans le cachot.

Enfin, je demande que l'on me donne du
papier pour télégraphier à Bastia. On me le
donne, mais aucune de mes dépêches n'est
envoyée.

« D'ailleurs, me dit Thessein, vous seriez
innocent, ce qui est impossible, nous n'aurions
pas le droit de vous mettre en liberté, à présent
que vous êtes arrêté. Voyons, avouez-moi vos
crimes.

— Quels crimes?

— Vos crimes. Si vous avouez, je déchire le
procès-verbal que j'ai rédigé contre vous.

— Mais je n'ai rien à avouer. »

Pendant une heure, je me heurte contre cette monstrueuse stupidité. Vingt fois au moins, Thessein me demande qui je suis, ne me laisse achever aucune réponse et me demande invariablement de lui avouer mes crimes. Les expressions de canaille, d'assassin, et d'autres plus énergiques abondent. Les quolibets pleuvent. C'est charmant.

On m'apporte, dans une écuelle, une soupe dont la vue seule me fait lever le cœur. Je réclame le maire, le commissaire, le curé, quelqu'un enfin qui sache lire. La gendarmerie me rit au nez.

Une lueur d'espoir me revient cependant, quand on parle de me conduire chez le suppléant du juge de paix; je me dis que je vais rencontrer un être intelligent et que tout va s'éclaircir. Hélas

X

M. Arnaud.

Nous allons chez le juge de paix. Un gendarme devant, moi au milieu du groupe. Cosette me suit, la queue entre les jambes, l'oreille basse, ne comprenant rien à tout cela. Thessein, tout le long de la route, arrête les passants pour leur dire qu'il ira me voir guillotiner à Ajaccio, et c'est ainsi que nous arrivons chez M. Arnaud, suppléant du juge de paix

Je vois un petit vieillard, paralysé d'un côté, ayant l'air de sortir d'une boîte de polichinelles, sale, repoussant, se dandinant perpétuellement, qui vient me regarder sous le nez, pendant qu'une roupie se balance sous le sien.

« Monsieur le suppléant, fait Thessein, je vous amène un grand criminel.

— Effectivement ! » répond le fantoche avec une voix pointue, marionnettesque au possible.

Je me pince, afin de bien m'assurer que je ne rêve pas. L'interrogatoire recommence comme chez Thessein, en présence du distributeur de la poste. A tout ce que dit Thessein, le vieillard répond son éternel : Effectivement !

« Vous allez voir ce que lui écrit un médecin de ses amis : « Boulogne-sur-Mer, 27 Xbre. » Voyez vous cet X ? c'est un signe de ralliement.

— Effectivement ! Un signe de réticence.

— « *Mon cher Albert.* » Alors c'est une femme qui vous écrit ?

— Mais non ! vous venez de dire vous-même que c'était un médecin.

— Taisez-vous ! « *Ah ! mon ami !...* » Il y a trois points après *mon ami !* Que dites-vous de cela, monsieur le suppléant ?

— Effectivement ! Ah ! ah ! le scélérat ! trois points !

— Écoutez ! « *Écris-moi toujours à Boulogne. Nous sommes tantôt sur les côtes nord de France, tantôt sur les côtes sud d'Angleterre, mais le point central est Boulogne.* » Encore un qui voyage !

— Effectivement ! ils voyagent tous dans cette

bande. Mais nous avons l'adresse de celui-là. Il voyage! » continue le petit vieux en dansant.

Je lui fais timidement observer que M. Napias dont il tient la lettre est médecin de marine, et qu'il n'y a rien d'extraordinaire à ce qu'il change souvent de résidence.

« Oui! oui! un marin, j'entends bien, mais il voyage néanmoins! Ah! le scélérat! »

Le distributeur de la poste aux lettres me couvre de regards chargés de mépris. La marionnette ordonne que l'on me reconduise en prison. Quant à moi, je ne sais plus où j'en suis. On me prouve que l'X (reproduit par Thessein sur mes autres papiers) est une preuve accablante contre moi. Le distributeur de la poste affirme que je suis un faussaire et que c'est moi qui ai fabriqué le cachet de la poste de Marseille et de Bastia; la lettre de Vacquerie, que personne ne peut lire, devient une lettre de *stille litographié;* vingt-cinq billets de la loterie de Châteauroux sont pris par Thessein pour de faux billets de mille francs, et Banville se transforme en chef de voleurs. O mon bon et doux maître! pendant ce temps vous écriviez tranquillement les vers de *Florise* et ne vous doutiez guère des dangers que vous faisiez courir à la société.

Je suis reconduit en prison , où ma seule distraction consiste à regarder un filet de lumière qui glisse à travers une fente de la porte et semble un brin de paille sur le mur. Tout à coup, une sueur froide me passe par le corps. Je sens sur moi un papier qui a échappé à Thessein. C'est un monologue de drame dans lequel Sampiero conçoit la pensée de tuer sa femme et dit comment il s'y prendra. Je le déchire, car Thessein me convaincrait d'assassinat sur la personne de Vanina d'Ornano.

Cette opération accomplie, j'entends pleurer et gratter à la porte du cachot. C'est Cosette que j'ai laissée aux enfants d'un gendarme, pour jouer un peu au soleil, et qui ne veut pas me quitter. Le brave Muracciole lui ouvre la porte. Pauvre petite bête! Elle allait aussi être brutalisée le soir même par l'Alsacien, car ce misérable me réservait de nouvelles tortures et devait me donner le spectacle d'une bête féroce, heureuse de faire souffrir et de broyer des chairs.

XI

Les Exploits de Thessein.

Vers le soir, je demande en grâce que l'on me fasse donner un matelas. L'aubergiste refuse de se déranger, et je vais être forcé de vérifier de nouveau le manque d'élasticité du lit de camp. Les gendarmes de la veille vont chercher dans l'écurie les *pelones* de leurs chevaux et m'entortillent dedans. Le lit est dur, mais chaud.

Je me prépare à dormir, quand Thessein éprouve le besoin de m'interroger de nouveau. Je le retrouve majestueux comme le matin, et, de plus, orné d'une magnifique paire de lunettes bleues.

6

Le même dialogue recommence. Je renonce
à enregistrer cette série de coq-à-l'âne et d'absurdités sans nom. J'aurais besoin pour cela
d'un volume in-folio. C'est toujours le même
système d'injures. Thessein prend mes papiers,
essaye de les lire, les fait lire par le brigadier
Muchielli, qui sait un peu mieux épeler, et me
réclame énergiquement l'aveu d'un crime, que je
persiste à lui refuser. Il me déclare que mes
dépêches ont été envoyées et que l'on a répondu
ne me pas connaître. Il me fabrique des discours
que je n'ai point tenus, et que deux de ses
hommes affirment avoir entendus, et finit par
me demander de faire venir une photographie
de moi PAR LE TÉLÉGRAPHE!

Les souffrances de la nuit précédente, l'absence
de nourriture, car j'avais refusé de toucher à la
pâtée dégoûtante qui m'avait été servie, m'ayant
naturellement affaibli, je défaille et m'appuie,
pour ne pas tomber, sur l'épaule d'un gendarme.
Je suis relevé par Thessein à la façon de Cassandre et de Pierrot. Je supplie qu'on me laisse
aller coucher, et prends le parti de me taire
devant l'impossibilité de rien faire comprendre à
cette brute.

On me reconduit dans le cachot. Je m'étends

sur les couvertures, lorsque Thessein revient, écumant, les yeux injectés de sang, furieux

« Veux-tu avouer? misérable! assassin! Ah! tu ne veux pas! Qu'on lui remette les fers! »

Deux gendarmes intercèdent pour moi. Ils disent que je n'ai fait aucune résistance, aucun bruit, que l'humidité du cachot est déjà intolérable et que ce n'est pas la peine d'ajouter une souffrance de plus à celles que j'endure. Le monstre n'entend rien. Pendant que l'on m'emboîte les pieds dans la machine, je me plains d'une douleur à la cheville.

« Ah! ça lui fait du mal! s'écrie Thessein, attends! Veux-tu avouer? Non? Eh bien! je vais te secouer! »

Et le misérable me saisit les pieds dans ses grosses pattes, les heurte contre les fers, avec une violence telle que, pendant un mois, j'ai été forcé de ne marcher qu'en pantoufles. Sa figure, éclairée par la lueur d'une petite lampe, était hideuse. En ce moment, il avait oublié son ambition. sa croix. Il n'y avait plus qu'un fou furieux, un maniaque féroce. Il balbutiait, jurait. Ses hommes n'osaient rien dire et étaient pâles.

Il sort un instant. Le brigadier s'approche de moi et me dit doucement :

« Voyons, dites la vérité. Avouez que vous êtes un criminel, et je vais vous faire donner un bon lit dans une chambre où il y aura du feu. »

Un moment, j'ai la tentation de lui raconter que j'ai tué mon père et ma mère, et mis le feu à Notre-Dame de Paris, mais je réfléchis qu'il faudra donner des détails, et improviser un roman qui me vaudra la présence et les questions des gendarmes toute la nuit, et je n'avoue rien.

Thessein paraît de nouveau. Il aperçoit les couvertures des gendarmes.

« C'est trop bon pour un gueux comme ça qui ne veut pas avouer !

— Mais l'humanité, maréchal des logis ? dit un gendarme. Cet homme est peut-être innocent.

— Qu'il avoue ! » hurle la brute. Son visage se penche sur le mien, féroce, épouvantable ; je sens la fétidité de son haleine courir sur ma figure ; sous prétexte de me fouiller, il me secoue, me pousse, me bouscule. Chaque mouvement me fait croire que mes pieds sont rompus ; enfin, il saisit les couvertures qui sont sous moi, les tire avec tant de violence que mon corps, rivé au lit de camp par les pieds, en fait un soubresaut et que ma tête va rebondir trois fois sur la planche. J'ai cru avoir le crâne fracassé; mais ce n'est pas tout. Cherchant ce qu'il pourrait bien me faire encore, il aperçoit blottie au fond du cachot ma petite chienne. Je pousse un cri, devinant que la rage du misérable allait se tourner contre la pauvre bête. En effet, avec un éclat de rire méchant, lugubre, il empoigne Cosette par la peau, la jette par terre et la pousse dans la cour avec un coup de pied dans le ventre.

Pour le coup, je pleure. Le brigand ne s'en aperçoit pas, heureusement. Il sort suivi des gendarmes, et je crois l'entendre trébucher.

Un pauvre gendarme, tout jeune et dont je regrette de ne pas savoir le nom, rentre dans le cachot, pâle, tremblant, et me dit:

« C'est trop cruel! »

Le brave garçon me ramène Cosette et remet sous moi les couvertures, m'enveloppant dedans de son mieux, et s'en va en me serrant la main.

Ce qu'a été cette seconde nuit, je frémis encore en y songeant. Aux tortures physiques s'ajoutaient les tortures morales. La situation pouvait s'éterniser. Ce monstre, qui supprimait mes dépêches, me séquestrait, défigurait mes réponses, mentait effrontément, pouvait tout aussi bien me tuer. Combien de temps allais-je rester dans ce coupe gorge? La fièvre me prend. Au petit jour, j'étais à moitié mort; j'avais la gorge en feu; j'étais idiot.

XII

Muracciole.

Ependant les gendarmes avaient fait comprendre à leur chef que tôt ou tard il faudrait me conduire à Ajaccio et que je n'y arriverais pas vivant si on me laissait dans cette fosse. Sur le premier moment Thessein avait répondu :

« Eh ! qu'il crève ! »

Puis, la réflexion lui venant, il avait peut-être eu peur des suites que cet assassinat pouvait avoir pour lui, et avait consenti à me laisser passer la journée dans la chambre d'un gendarme.

C'est le bon Muracciole qui vient tout joyeux

m'annoncer cette nouvelle. Il me retire les fers, m'aide à me lever et me conduit dans sa chambre, au coin du feu.

J'étais comme hébété, ne me tenant plus debout, grelottant. Muracciole me donne un petit verre d'eau-de-vie, de l'eau pour me débarbouiller. La femme de Thessein m'apporte une tasse de café. Son mari était en course. Au bout d'une heure, je commence à me remettre. Muracciole me dit :

« Faites-moi donc le plaisir de déjeuner avec moi. »

La table était mise, la nappe blanche ; un clair rayon de soleil illuminait un quartier de chevreau bien cuit, bien rissolé ; les verres étaient roses, le pain blanc, et le bon gendarme riait en me voyant manger. Nous trinquons ensemble. On prend le café. J'avais oublié absolument que je n'étais pas libre. Cosette jouait avec les enfants. C'était dimanche. Par la fenêtre je voyais passer les habitants attifés, riants. Ah ! que c'est bon de respirer !

Je commence enfin la lecture du *Cahier bleu de Mademoiselle Cibot*. Un brigadier lit avec moi et me fait part de ses observations littéraires.

« Vous allez voir que l'évêque est l'amant de la femme.

— Ah! vous devinez ça!

— Oui! l'habitude. Connaissez-vous les romans d'Alexandre Dumasse ? »

Tout allait pour le mieux, quand Muchielli vient s'installer près de moi. Thessein procédait par la force et la brutalité, Muchielli par la ruse et l'astuce. Le sournois ne me disait pas que j'avais été avec lui en Afrique et qu'il m'avait reconnu. Je ne reproduirai pas mon entretien avec cet imbécile qui me demandait ce que j'avais fait, heure par heure, depuis ma naissance. Mais quel homme fin! C'est lui qui, voulant savoir sur quel bateau j'étais venu en Corse, et moi lui répondant : « Sur le *Général-Abbatucci,* » me dit :

« Allons donc! il y a huit jours encore, il était colonel. Voyons, avouez-nous un crime, vous serez bien traité. »

Quelle drôle de gendarmerie où l'on n'a des égards que pour les assassins ! Mais j'ai su pourquoi. La pandorerie de Bocognano est là pour arrêter les frères Bellacochia, deux bandits patriarcaux qui, depuis dix ans, se moquent d'elle, et que personne n'oserait toucher. Les gendarmes avaient besoin de se signaler et de prouver l'utilité de leur existence dans ce pays, où pas un seul vol ne se commet et qui est la terre classique de l'hospitalité.

« Voyez-vous, me disait amicalement un gendarme, ce serait bien malheureux pour nous si vous n'étiez pas Jud, parce que si vous l'étiez nous serions tous médaillés. »

On m'annonce que le lendemain je serai conduit chez le procureur impérial, en m'invitant toujours à avouer un petit crime, rien qu'un. Je promets de l'avouer au procureur impérial.

Le soir arrive. Thessein m'exhorte à confesser mes scélératesses, me fait voir les preuves accumulées contre moi, m'avertit que l'on est sur la trace de mes complices, mais ne me brutalise plus.

Je retourne chez Muracciole, où l'on veille. La causerie s'établit ; les enfants dansent ; Mme Thessein fait du bel esprit. C'est réellement une charmante femme, elle est teintée de littérature et regrette beaucoup le continent où elle lisait les *Aventures de Rocambole*. Elle n'a rien de son illustre époux, heureusement pour elle. Je lui adresse quelques madrigaux pour lui faire voir que je ne suis pas un criminel vulgaire. Elle sourit gracieusement. Eh !

si je n'avais pas dû quitter Bocognano le lendemain, avant le jour, qui sait? un roman eût pu
s'ébaucher. Chassons ces folles idées, mais
gardons un mélancolique souvenir pour celle
qui eût pu devenir la sœur de mon âme.

Il était onze heures et je devais partir le matin
à cinq heures. Le pauvre Muracciole monte au
grenier, prend un sac, l'emplit de paille de maïs
et me le donne pour m'étendre dessus. Comme
je devais faire à pied les quarante kilomètres
qui séparent Bocognano d'Ajaccio, on ne me met
point les fers aux pieds. J'ai toutes les couvertures de la gendarmerie. Cosette se couche
dedans et m'accable de caresses ; elle a bien
dîné, et nous nous endormons dans les bras
l'un de l'autre.

XIII

De brigade en brigade.

LE 4 janvier, à cinq heures du matin,
je vais faire mes adieux à Thessein.
Que s'est-il passé dans la nuit ?

O miracle ! ô surprise agréable à mes yeux,
Digne, en effet, du bras qui sauva nos aïeux !

Thessein est presque poli. Il m'offre un petit
verre ; mais, revenant à ses moutons, il me prie
de lui faire cadeau d'un petit crime. N'en ayant
pas sur moi, je suis obligé de refuser, et je pars
entre deux gendarmes chargés des pièces de

conviction : ma canne, mes lettres, ma montre
et un couteau à papier. Thessein me tend la
main et me demande doucement si j'ai quelque
plainte à adresser sur la manière dont j'ai été
traité. Comme je suis encore entre ses griffes, je
lui réponds que je suis enchanté, et nous nous
quittons bons amis.

Un gendarme me fait cependant une observa-
tion inquiétante :

« Si vous faites deux pas en avant ou si vous
restez deux pas en arrière, il y a deux balles
pour vous dans ma carabine. »

C'est avec cette agréable perspective que je
me mets en route. Nous descendons un chemin
de traverse sinistre. A chaque pas, des flaques
d'eau, de la boue, des pierres qui dégringolent ;
enfin l'aube se lève quand nous arrivons sur la
grande route. Mes gendarmes n'étant plus sous
les regards de Thessein sont charmants. Cosette
est fière au possible et court devant nous, un
morceau de bois dans la gueule.

Le gendarme de droite est audacieux. Il
m'avoue que son maréchal des logis est parfaitement stupide, et qu'en le voyant traduire en
chiffres la lettre d'Auguste Vacquerie il a bien
eu envie de rire. Celui de gauche regrette que je

ne sois pas criminel et m'indique la retraite des Bellacochia.

« Enfin, vous en serez quitte pour trois ou quatre mois de prison, » me dit-il.

La fatigue se fait sentir; je ne marche plus, je me traîne, et je demande si je ne pourrais pas trouver une voiture à Soarrichio, où nous arrivons.

XIV

A cheval.

Nous arrivons en retard à Soarrichio. Les gendarmes entre les mains de qui l'on doit me remettre sont partis. On les hèle. Ils reviennent, donnent un reçu de ma personne, et cette fois, au lieu de marcher entre deux piétons, je marche entre deux cavaliers.

Le paysage est magnifique, mais je ne le vois qu'imparfaitement. Le brigadier de Soarrichio, s'apercevant de la difficulté que j'éprouve à mettre un pied devant l'autre, lance son cheval au galop pour tâcher de rencontrer un fourgon dans lequel je pourrai m'étendre. Course inutile.

Le brave homme descend de cheval et me propose de prendre sa place. J'hésite fortement,
n'ayant jamais monté à cheval que pour jouer
l'empereur Sigismond dans la *Juive*, et craignant
de dégringoler. Le brigadier insiste et me hisse
sur le cheval, qu'il conduit par la bride. Je lui
raconte mon histoire, qui lui paraît improbable,
et nous arrivons de la sorte à l'endroit où l'on
doit me confier aux gendarmes d'Ajaccio. Cette
fois, pour varier les plaisirs, il y a un gendarme
à pied et un gendarme à cheval. A la correspon-
dance, je déjeune et trinque avec les militaires.
Je ne suis plus à Bocognano! Une charrette
passe, un des gendarmes l'arrête, me fait mon-
ter dessus, me donne son manteau, et je
fais mon entrée solennelle dans la patrie de
Napoléon Ier.

X V

Délivrance.

ES gendarmes me conduisent d'abord
à la caserne, chez le maréchal des
logis; mais la caserne d'Ajaccio est
aussi gaie que celle de Bocognano est sinistre.
Je laisse Cosette chez le maréchal des logis,
pendant que l'on me conduit chez le procureur
impérial. Là, je trouve un homme aimable et
charmant, M. Adriani. En même temps que moi
arrive une dépêche de Bocognano ainsi conçue :
« Jud n'est pas Jud, mais c'est lui. On doute. »
M. Adriani se met à rire et me rend immédiatement à la liberté, au prodigieux étonnement du
gendarme dont j'étais escorté. Il fallait cepen-

dant expier la faute d'avoir en ma possession
une canne à épée, et, sans assignation aucune,
je suis invité à venir au tribunal pour le sur-
lendemain. Là, je suis condamné à trois francs
d'amende. La justice des hommes était satis-
faite !

Cosette, inquiète, s'était échappée de la gendarmerie pour se mettre à ma recherche. Je la
retrouvai au bout de deux jours seulement. Elle
s'était réfugiée à la caserne, où un vieux sergent
l'avait recueillie.

Je n'en avais pas fini avec Thessein. Le
vaillant gendarme arriva fier et pimpant à Ajaccio, afin de savoir ce qu'était devenu son criminel et recevoir des compliments. Ces compliments se bornèrent à quinze jours d'arrêts que
le colonel de gendarmerie lui octroya.

Cependant j'étais estropié. Je boitais d'une
façon abominable; mes épaules et mes reins
étaient couverts de meurtrissures; mais c'est une
si bonne chose que la liberté, que je me sentais
heureux.

Maintenant, ce récit terminé, je dois remercier
la brave et noble population d'Ajaccio. Le maréchal des logis Thessein ne se sentait pas à l'aise
au milieu d'elle. Quand j'ai dû me présenter à

l'audience, tous les avocats du barreau d'Ajaccio étaient venus pour me défendre en cas de besoin. Des sympathies étaient nées autour de moi, dont le souvenir me fait venir les larmes aux yeux. Devant ce clair soleil, franc et généreux comme les cœurs du pays, j'oubliais tout ce que j'avais souffert. Il ne me reste aujourd'hui de la Corse qu'un éblouissement de verdure, de lumière et de montagnes. Un jour j'essayerai de payer ma dette de reconnaissance à ce sol hospitalier, souriant et sévère, que le mot d'honneur fait tressaillir si profondément.

Je serais ingrat, si, après avoir remercié les habitants d'Ajaccio, j'oubliais M. Géry, préfet de la Corse. Chargé d'infamie comme je l'étais, il m'a accueilli avec la plus charmante courtoisie; et puisque c'est ma prison qui m'a valu l'honneur de le connaître, je bénis ma prison[1].

1. Il va sans dire que je parle ici de M. Géry comme homme, et non comme fonctionnaire.

XVI

Simples réflexions.

Sɪ l'arrestation illégale dont j'ai été victime était un fait isolé, ce ne serait pas la peine d'en parler. Mais cet attentat au droit des gens est fréquent. On n'a pas oublié l'histoire du capitaine d'artillerie arrêté à Toulon par un Thessein aussi complet que le mien.

Un gendarme a-t-il le droit, quand un pays est tranquille, que nul méfait n'a été commis, uniquement parce qu'il est ivre, d'arrêter un passant sur la route ?

Même en supposant que ce passant ressemble à un criminel dont il a le signalement, doit-il le torturer, l'empêcher de se justifier, supprimer ses lettres, le tenir quatre jours dans un tombeau, employer la violence pour lui faire avouer des crimes chimériques?

Dans cette sotte et niaise aventure, le grotesque est dominé par l'odieux. Ce distributeur de la poste aux lettres soutenant qu'une lettre scellée de cinq cachets doit contenir au moins mille francs, et appuyant de son témoignage l'affirmation d'un imbécile qui a la force à sa disposition, qu'en penser[1]?

J'ai entre les mains la copie du procès-verbal envoyé par Thessein. Ce chef-d'œuvre de bêtise est en même temps un mensonge d'un bout à l'autre. Il n'y est pas une seule fois fait mention de mon nom, que j'ai déclaré, qui était sur mes lettres.

Qu'une brute comme Thessein soit dans une grande ville où il y a des magistrats, le mal ne serait pas grand, l'erreur serait vite reconnue. Mais en pleine campagne, à quarante kilomètres du chef-lieu d'arrondissement! Le maréchal des logis de Bocognano ayant menti dans son procès-verbal, menti dans la déclaration faite par lui au capitaine de gendarmerie, pouvait tout

1. Il s'appelle Ferri Pisani.

aussi bien mentir en disant que j'avais fait de la résistance et m'assassiner.

Ce drôle ne sait même pas lire : je lui ai vu réaliser la scène du gendarme des *Saltimbanques.* Il était obligé d'épeler les lettres que j'avais sur moi et n'y parvenait pas !

Je m'arrête, car, même après deux mois, le souvenir des tortures que m'a fait subir ce misérable me lève le cœur. Je voulais rire en commençant à écrire ces lignes, et cela m'est impossible. Lorsque j'étais dans le cachot de Bocognano, Thessein et Muchielli se disputaient l'honneur de m'avoir arrêté; maintenant c'est à qui n'aura pas commis le coup. Pour un rien ils diraient que je me suis arrêté moi-même. Je sais bien qu'ils ont une excuse, l'amour de la médaille. Cette médaille, qu'ils l'aient, j'y consens, mais je demande à n'en pas faire les frais.

Nice, mars 1869.

APPENDICE

L E second acte de *Barbe bleue* débute
par une amusante scène où le roi Bo-
bèche et sa femme, après s'être fait
mille caresses devant leur futur gendre, finissent
par se jeter les meubles à la tête, en disant au
prétendant ébahi :

« Eh bien ! Monsieur, c'est tous les jours
comme ça. »

Je n'avais assisté qu'à la première partie de
cette scène d'intérieur à mon premier voyage en
Corse. Les habitants du pays semblaient s'adorer

et la Corse me paraissait un nid de colombes. A mon second voyage j'ai vu la seconde moitié de la scène et entendu le monarque s'écrier:

« Eh bien ! Monsieur, c'est tous les jours comme ça. »

L'hospitalité classique de la Corse a le tort grave d'être mise en avant à tout propos, ensuite de ne guère plus exister que le mouflon rencontré par moi à Vivario et qui n'était qu'un mouton un peu plus cornu que les autres.

Les mouflons existent, certes — je ne le nie pas — et les gens hospitaliers aussi, mais ces derniers ne sont pas en plus grand nombre que dans les autres départements. L'hospitalité corse est classique à la façon de la littérature du premier empire, c'est tout dire.

En revanche, l'amour du fonctionnarisme est poussé jusqu'à l'exaltation. A part quelques honorables exceptions, les paysans corses sacrifieraient tout pour une place de garde champêtre.

Il m'en coûte de ne pas avoir gardé de cette île, étrange et séduisante au premier abord, l'impression poétique et romanesque que je m'en étais faite, autant avec ma propre imagination qu'avec les rapports de mes amis d'Ajaccio et de Bastia, rapports lyriques, passionnés, dictés par le culte excessif du pays natal, mais dont le tort est de ne pas résister à un examen même superficiel des choses.

Mon séjour à Sainte-Lucie-di-Tallano — où deux maîtres d'école honteux, qui faisaient corriger leurs fautes d'orthographe par un ancien gendarme, et un ancien percepteur de Sartène, qui est également un ancien policier, ont combiné leurs efforts pour exciter les voyous de l'endroit contre moi et se répandre en tartines superbes contre ma personne dans *l'Avenir de la Corse*, journal qui a M. Pierre Bonaparte pour collaborateur et s'imprime à Paris dans les environs de la rue de Jérusalem, pour faire croire peut-être que l'avenir de l'île surgira du cabinet de M. Piétri — mon séjour à Sainte-Lucie, dis-je, n'a fait que me faire pousser un soupir de soulagement quand j'ai touché la terre de France à Marseille.

Je regrette de froisser l'amour-propre natal des Corses rencontrés en Corse, et qui ressemblent aux hommes aimables de tous les pays, mais ils composent une minorité presque microscopique. Dans un prochain bouquin je rassemblerai mes notes sur la Corse; en attendant, pour terminer comme les chroniqueurs par un

mot de la fin, je vais citer une des plus merveil-
leuses naïvetés échappées à Thessein :

Lui. Comme ça il n'y a qu'un mois et demi
que vous êtes en Corse?

Moi. Oui, il n'y a qu'un mois et demi.

Lui. Et vous prétendez connaître le premier
président et le procureur général?

Moi. Certainement, je les connais.

Lui. Allons donc, fichue canaille! je ne les
connais pas, moi, qui y suis depuis un an!

L'INFAME GLATIGNY

———

Le premier jour de l'année
Mil huit cent soixante-neuf,
Un être en habit pas neuf
Marcha toute la journée.
Cet individu chétif
Est d'un aspect fugitif.

Il a des jambes indues,
Très-longues également.
Son front dans le firmament
Arrête le vol des nues.
Pour se donner un maintien
Il promène un petit chien.

Marche, scélérat infâme!
Tout à l'heure le hameau
Fameux de Bocognano
Y verra clair dans ton âme.
Le maréchal des logis
Veille au bas de la Foggi.

Portant l'audace à son comble,
Cet individu honteux
Frappe à l'auberge, et chez eux
A demandé qu'on le comble
De nourriture en payant.
Ce monstre est bien effrayant!

Voyant de quel front il s'arme
Et qu'il marche vers le Sud,
Vite on a reconnu Jud;

Ainsi le veut le gendarme,
Qui, étant un brigadier,
De ce gueux est familier.

Bien qu'il soit chargé de crimes,
On lui dit : Venez danser,
Boire, manger et causer.
Mais ça n'était qu'une frime
Pour piger ce criminel
Qui n'était pas naturel.

La brigade tout entière
Demande son passeport.
Il n'en avait pas. Alors
C'était un trait de lumière.
On le met dans un cachot,
Vu qu'il ne faisait pas chaud.

Puis il est couvert de chaînes,
Ainsi que dans l'Œil Crevé
(Moins la musique d'Hervé).
Sans être au bout de ses peines,
Il dort sur le lit de camp
Pour son premier jour de l'an.

Le lendemain, la brigade
Se frottait partout les mains,
Et criait par les chemins :
L'homme et le chien, camarade ,
Ensemble étant verrouillés ,
Nous serons tous médaillés.

On le mène chez le juge
Suppléant qui, tout d'abord,
Démontre qu'il est très-fort ;
Car à tout, dans ce grabuge,
Il répond éloquemment
Ce mot : Effectivement !

Après l'instruction faite,
Le maréchal des logis
Dit : Pour charmer le pays
On va lui couper la tête,
Car s'il n'est galérien,
C'est un Tacadémicien *(sic).*

Le coupable, tête basse,
Demandait à voir des gens.
Ces propos désobligeants

Empêchaient qu'on lui fît grâce.
Puisqu'il était arrêté,
C'était pour être embêté.

Après quatre jours d'alarmes.
On le sort de son cachot.
Il vient dans Ajaccio,
Entouré de deux gendarmes;
Sa petite chienne aussi,
Dont le cœur est endurci.

Ce rebut de la nature
S'en va chez le procureur,
Qui lui fait avec horreur
Aussitôt sa procédure.
Comme il l'avait mérité,
Il est mis en liberté.

MORALITÉ.

Chrétiens, ceci nous enseigne
Qu'il ne faut aucunement
Voyager le Jour de l'an,

Et que lorsque l'on dédaigne
D'acheter un passeport
On est toujours dans son tort.

PROCÈS-VERBAL

———

Me trouvant en permission de quatre jours à Bocognano, chez mon beau-frère Muffraggi (Paul), maître d'hôtel, il s'est présenté vers sept heures du soir en notre domicile un individu dont son aspect m'a semblé fugitif.

L'ayant interpellé sur sa présence à Bocognano, il m'a répondu, avec hésitation, sur plusieurs questions que je lui ai posées ; lui ayant demandé les pièces identiques, il m'a présenté un engagement contracté au bureau d'agence théâtrale, pièces que j'ai parfaitement reconnues mensongères.

Voyant que cet individu se trouvait en contravention aux articles 287 du 1er mars 1854 et 275 du même décret, j'ai fait parvenir immédiatement la brigade de la résidence pour opérer l'identité de cet individu.

Le maréchal des logis, le brigadier et les gendarmes Muracciole et Grivotte se sont immédiatement rendus sur les lieux.

D'après les interpellations faites à cet étranger, nous avons reconnu que par ses entreprises il nous a qualifié plusieurs noms et titres de famille ; nous trouvant alors dans la certitude d'avoir entre nos mains non-seulement un individu pris en flagrant délit voyageant isolément sans passe-port, mais peut-être un évadé des bagnes ; attendu que nous avons trouvé sur lui : 1º Une lettre otograffe ; 2º Une lettre de style lythographié ; 3º Une dépêche ; 4º Une lettre particulière ; 5º Un itinéraire falsifié ; 6º Approbation probablement de framaçonnerie ; 7º Billet de loterie de la compagnie de la ville Chatouroux ; outre ce l'ayant demandé de nouveau, il nous a répondu qu'il ne possédait rien contre

la loi; néanmoins, perquisition faite tant que sur
sa personne et ses vêtements, nous y avons trouvé
longé du long de la cuisse du pantalon, du côté
droit, une canne d'une longueur de 80 centi-
mètres, dans laquelle se trouvait un fleuret en
assier pointu et carré de la longueur de 30 centi-
mètres; nous y avons également trouvé dans ses
poches plusieurs écrits non identiques, ce qui
nous a donné la preuve convainquente que cet
individu ne voyage pas en forme suivant la loi.

D'après nous et suivant la déclaration de Muchielli et le sieur Muffragi, maître d'hôtel, cet
individu était nanti de plusieurs objets de valeur,
et notamment d'une montre à cylindre à huit
rubis, toute neuve, et dont l'individu lui-même
a affirmé au brigadier Muchielli qu'il n'en avait
pas. En effet, le brigadier Muchielli étant présent à l'arrestation de cet individu nous fit la
déclaration suivante : En s'adressant au ma-
réchal-des-logis je crois que, d'après le récit de
l'individu que nous avons entre nos mains, doit
être porteur d'une montre en argent. Sur la déclaration du brigadier Muchielli, nous avons
fouillé de nouveau cet individu, et en effet
nous avons trouvé sur son corps couché à hau-

www.ingramcontent.com/pod-product-compliance
Lightning Source LLC
LaVergne TN
LVHW012226170726
843503LV00005B/2298